Vente du Mardi 29 Novembre 1864

BELLE COLLECTION

D'OBJETS D'ART

ET DE CURIOSITÉ

DE LA CHINE ET DU JAPON

EXPOSITIONS
PARTICULIÈRE, le Dimanche 27 Novembre 1864
PUBLIQUE, le Lundi 28 Novembre 1864

DE UNE HEURE A CINQ HEURES

Mᵉ Charles PILLET, Commissaire-Priseur

MM. MANNHEIM, Experts

EXEMPLAIRE D... H STETTINER

CATALOGUE

D'UNE BELLE RÉUNION

D'OBJETS D'ART

ET DE CURIOSITÉ

DE LA CHINE & DU JAPON

Très-belles Pièces en émail cloisonné
telles que : Vases, Brûle-Parfums, Flambeaux, Bouteilles, Lanternes,
et **Quatre grands et beaux Tabourets de jardin** ;
Magnifique Garniture de cinq Vases en ancienne Porcelaine de Chine émaillée ;
Très-beaux Vases en porcelaine de Chine et du Japon ;
Pièces dites d'échantillon en bleu turquoise, en bleu soufflé, en jaune impérial,
en vert pomme et autres ; Belle Boule en cristal de roche ;
Jolie Collection de Vases, Bouteilles, Coupes et Cassolettes en lapis, en agate, en jade vert
et en jade blanc ; Belles Pièces en Poterie de Satsuma ; Laques anciens de belle qualité ;
Bronzes et Objets variés

DONT LA VENTE AUX ENCHÈRES PUBLIQUES AURA LIEU

HOTEL DROUOT, SALLE N° 5

Le Mardi 29 Novembre 1864

A UNE HEURE ET DEMIE

———————

Par le ministère de Me **CHARLES PILLET**, Commissaire-Priseur,
rue de Choiseul, 11,

Assisté de MM. **MANNHEIM**, Experts, rue de la Paix, 10,

Chez lesquels se distribue le présent Catalogue.

———————

EXPOSITIONS { PARTICULIÈRE, le Dimanche 27 Novembre 1864,
PUBLIQUE, le Lundi 28 Novembre 1864,

de une heure à cinq heures.

CONDITIONS DE LA VENTE

Elle sera faite au comptant.

Les acquéreurs payeront, en sus des adjudications, *cinq pour cent*, applicables aux frais.

———

Paris, Imp. PILLET FILS AÎNÉ, rue des Grands-Augustins, 5.

DÉSIGNATION

DES OBJETS

Émaux cloisonnés

1 — 2 — Quatre grands et très-beaux tabourets de jardin ou tables-supports, à plateaux de forme carrée à angles arrondis, reposant sur quatre pieds droits reliés entre eux par des traverses. Le tout est couvert d'un riche décor de fleurs et d'ornements variés, émaillés en couleurs sur fonds bleu turquoise et bleu foncé. Ces pièces remarquables seront vendues par paire. Larg., 61 cent.; haut., 51 cent.

3 — Grand et très-beau vase à quatre pans, en émail cloisonné. Chacune de ses faces présente un paysage boisé, traversé par un cours d'eau et enrichi de kiosques et de fabriques, émaillés de tons variés, tels que : blanc, jaune, vert bleu foncé et bleu turquoise. Le pied, cintré,

s'élargit à sa base et est décoré, ainsi que le col, d'ornements émaillés en bleu foncé et rouge sur fond bleu turquoise. Le paysage représente une vue de l'île d'Azur, dans le Yan-tze-Kiang.

4 — Vase en forme de coquillage, décoré intérieurement et extérieurement de poissons, de crabes, d'écrevisses et de plantes diverses, émaillés en rouge et bleu jaspé, en vert, en blanc et en jaune sur fond bleu turquoise. Pièce remarquable par la forme et la réussite de son décor. Haut., sans son pied en bois sculpté, 28 cent.

5 — Belle garniture de cinq pièces en émail cloisonné, composée d'un vase rond à anses élevées, avec pieds à têtes chimériques et à couvercle dômé en cuivre doré, à ornements et caractères ciselés repercés à jour ; puis de deux flambeaux formant coupes et de deux cornets. — Toutes ces pièces sont d'un décor qui offre des frises, des fleurs et des rinceaux émaillés en jaune, en bleu lapis, en vert et en rouge sur fond turquoise. Haut. de la cassolette, 36 cent.

6 — Deux lanternes de forme carrée, dont les montants, la base et la gorge, sont décorés de grecques, d'animaux et de nuages émaillés de tons variés, vert, jaune, rouge et bleu foncé sur fond turquoise. Haut., 30 cent.

7 — Deux vases forme balustre à six pans, en émail cloisonné à fleurs sur fond violet, avec médaillons découpés à jour garnis de peintures sur talc. Chacun de ces vases a son socle en bois sculpté garni d'une galerie en cuivre

émaillé, et repose sur trois chimères en bronze doré. Ils sont surmontés d'ornements emblématiques composés de poissons, de troncs d'arbres, etc., en cuivre émaillé et doré. Hauteur totale, 63 cent.

8 — Cassolette de forme ronde et basse à deux anses, têtes chimériques en bronze doré, et reposant sur une base ou socle de forme carrée. Cette pièce, ainsi que son socle, sont couverts de fleurs et d'ornements variés émaillés en rouge, blanc, vert, jaune, etc., sur fond bleu turquoise et vert clair. Haut., 16 cent. ; larg., 26 cent.

9 — Joli petit vase en forme de balustre lobé, émaillé de fleurs et de rinceaux en couleurs sur fond bleu turquoise, et enrichi de médaillons et d'une frise décorés de même sur fond bleu foncé. Les anses, à têtes chimériques en bronze doré, sont garnies d'anneaux mouvants. Haut., 185 millim.

10 — Charmante petite gourde de forme ronde aplatie, décorée de fleurs et d'ornements émaillés de tons variés sur fond bleu turquoise. Une de ses faces présente un médaillon en bronze ciselé, doré et repercé à jour, avec chimères et rosace. Le goulot, d'émail cloisonné, a un bouchon formé d'une tête de dragon en bronze doré. Haut., 22 cent.

11 — Joli petit vase en forme de bouteille en émail cloisonné à fleurs, rinceaux et ornements en couleurs sur fond bleu turquoise. Socle en bois sculpté. Haut., 15 cent.

12 — Très-jolie petite cassolette de forme ronde, reposant sur trois pieds et à deux anses élevées. Elle est émaillée de fleurs et d'ornements en rouge, blanc, vert et jaune sur fond bleu foncé, et réserves en bleu turquoise. Couvercle et socle en bois sculpté. Haut. totale, 8 cent.

13 — Cassolette de forme carrée et basse à deux anses surélevées et à couvercle garni de quatre anneaux. Elle est décorée dans toutes ses parties de fleurs et d'ornements émaillés en couleurs sur fond bleu turquoise. Haut.. 9 cent.; larg., 12 cent.

Matières précieuses

14 — Cristal de roche. — Magnifique boule mesurant 41 centimètres de circonférence. Cette pièce est remarquable par la pureté de la matière.

15 — Lapis-lazuli. — Jolie garniture de trois pièces, composée d'une cassolette de forme ronde à couvercle et à anses élevées; d'un vase porte-allumettes à deux anses repercées à jour, et d'une boîte à pastilles de forme lenticulaire. Ces trois pièces sont enrichies d'ornements finement sculptés en relief et reposent sur un socle-étagère en bois sculpté. Haut. de la cassolette, 12 cent.; larg., 13 cent.

16 — Lapis-lazuli. — Écran dont les deux faces présentent des paysages montagneux sculptés en relief. Monture en bois sculpté à ornements repercés à jour.

17 — Jade blanc. — Deux très-jolis écrans de forme carrée surélevée, portant sur une de leurs faces une branche de fleurs finement gravée, et sur l'autre plusieurs lignes de caractères dorés. Leurs montures, en émail cloisonné, sont décorées de fleurs et d'ornements divers en couleurs sur fond bleu turquoise, avec frises et consoles repercées à jour. Pièces rares. Haut., 26 cent.; larg., 13 cent.

18 — Jade blanc. — Belle coupe de forme contournée, reposant sur quatre petits pieds, avec anse plate transversale représentant une amulette finement sculptée et réservée dans la masse. Les deux extrémités sont garnies de chauves-souris avec anneaux mouvants pris dans le bloc et formant anses. Pièce originale de forme et remarquable par la difficulté du travail. Socle en bois sculpté. Haut., 8 cent.; larg., 20 cent.

19 — Jade blanc. — Grand et beau cornet en forme de losange et à panse renflée. Il est orné à sa base d'une grue sacrée reposant sur un rocher garni de plantes, et sa partie supérieure est garnie d'un dragon sculpté en ronde-bosse. Haut., 30 cent.

20 — Jade blanc. — Joli vase forme balustre, à deux anses têtes chimériques et anneaux mouvants pris dans la masse, et dont la panse est ornée de fleurs et de palmettes finement sculptées en relief. Socle en bois sculpté. Haut., 21 cent.

21 — Jade blanc. — Vase de forme ronde et basse à large ouverture. Socle en bois sculpté. Diam., 11 cent.; haut., 7 cent.

22-23 — Jade blanc verdâtre. — Cinq petites plaques carrées,
ornées de dragons et de figures finement sculptées et repercées à jour. Elles seront vendues séparément.

24 — Jade vert. — Très-beau cippe entièrement couvert au
pourtour, de paysages montagneux enrichis de figures
finement sculptées en relief. Son couvercle, en vermeil,
est orné de dragons, de poissons et d'ornements exécutés
au repoussé, et a son bouton formé par une chimère
assise. Cette pièce est remarquable par son volume et la
finesse du travail. Haut., sans couvercle, 17 cent. ; diam.,
175 millim.

25 — Jade vert. — Grand et beau cornet à panse renflée et à
lobes profilés, garni de deux anses têtes de dragons chimériques à anneaux mouvants pris dans la masse. Haut.,
265 millim.

26 — Jade vert. — Petit vase forme bouteille, à fleurs sculptées en relief et à deux anses repercées à jour. Haut.,
13 cent.

27 — Agate rouge et blanche. — Vase à panse renflée entourée d'une grue, d'un dragon et de branchages sculptés
dans la masse et repercés à jour. Pièce rare. Socle en bois
sculpté. Haut., 16 cent.

28 — Agate rouge et blanche. — Porte-allumettes en forme de
tronc d'arbre, en agate blanche, sur lequel se détachent
en rouge, et pris dans la masse, des branchages et des
fruits sculptés dans la masse et repercés à jour. Pièce
curieuse. Socle en bois sculpté. Haut., 14 cent.

29 — **Matières diverses.** — Mosaïque ronde représentant des enfants jouant dans un paysage, exécutée en lapis, en jade vert et autres pierres. Elle est placée dans une bordure ronde en jade blanc, avec encadrement carré en jade vert à chauve-souris sculptées et repercées à jour. Bordure en bois sculpté. Long. et larg., 18 cent.

30 — **Pierre compacte verdâtre.** — Sceau de forme ronde surmonté de deux chimères sculptées en ronde-bosse. Il porte plusieurs caractères gravées en creux. Socle en bois sculpté. Haut., 45 cent.

Porcelaines

31 — Très-belle garniture de cinq pièces, potiches à couvercles et cornets, en ancienne porcelaine de Chine, décorées de médaillons de fleurs et oiseaux finement émaillés en couleurs sur fond vert foncé à feuillages réservés en vert clair, et fleurs émaillées en couleur. Qualité très-rare. Haut. des potiches, 44 cent.

32 — Autre belle garniture de cinq vases forme lisbet, en ancienne porcelaine du Japon décorée de médaillons de paysages, sur fond gros bleu à fleurs réservées en rouge et or. Très-belle qualité. Haut. moyenne, 46 cent.

33 — Deux grandes et magnifiques potiches en ancienne porcelaine du Japon, décorées de médaillons de paysages et

de vases de fleurs en bleu, rouge et or. Les boutons des couvercles sont découpés à jour. Haut. 82 cent.

34 — Vase de forme cylindrique, en ancienne porcelaine de Chine, décoré de sujets ayant trait à la culture, avec bordures et encadrements ornés de dragons et de fleurs finement peints en émaux de la famille verte. Ce vase porte plusieurs lignes de caractères. Socle en bois sculpté. Haut., 44 cent.

35 — Vase de forme analogue, en ancienne porcelaine de Chine, décoré, sur une de ses faces, d'un paysage avec cours d'eau; et portant sur l'autre une très-longue inscription. Bordures et encadrements décorés de fleurs réservées en blanc sur fond rouge brique. Socle en bois sculpté. Haut., 42 cent.

36 — Très-beau vase, forme balustre, à deux anses formées d'anneaux en saillie, en porcelaine de Chine décorée en bleu soufflé. Qualité rare. Socle en bois sculpté. Haut., 35 cent.

37 — Autre très-joli vase décoré en bleu soufflé. Il est de forme droite à gorge légèrement rétrécie et à deux anses en saillies en forme de vases retournés. Belle qualité. Socle en bois sculpté. Haut., 23 cent.

38 — Grand et beau vase en forme de gourde, à ouverture très-étroite, en céladon bleu turquoise, à dragons à cinq griffes et nuages gravés sous émail. Haut., 52 cent.

39 — Très-joli vase de forme surbaissée, en céladon bleu turquoise, à fleurs et ornements gaufrés sous émail. Qualité rare. Socle en bois sculpté. Haut., 26 cent.

40 — Vase forme balustre, en céladon vert d'eau, à fleurs gaufrées sous émail, et à deux anses repercées à jour. Socle en bois sculpté. Haut., 33 cent.

41 — Très-beau bol de forme ronde et basse, décoré intérieurement et extérieurement en rouge de fer et or, à medaillons de personnages et animaux, et à ornements finement exécutés. Qualité rare. Cette pièce porte une marque et est accompagnée de son socle en bois sculpté. Diam., 27 cent.

42 — Petit bol ou plateau creux, décoré à l'intérieur d'un paysage montagneux avec personnages, émaillé en couleurs avec bordure en rouge de fer et rehauts d'or. L'extérieur est décoré de feuilles rouges et jaune clair sur fond émaillé vert. Le fond émaillé vert porte à son centre un cachet carré avec caractères noirs sur fond jaune. Pièce très-rare. Diam., 215 millim.

43 — Charmant petit vase en forme de gourde, dont les deux parties renflées sont *mobiles* et composées d'ornements découpés à jour avec entre-deux à bandes rouges et or et têtes chimériques saillantes. Les découpures à jour permettent de voir sur le récipient de la gourde, qui est de forme cylindrique, un décor de paysages avec figures très-finement exécuté. La gorge du vase est garnie de trois très-petites anses découpées à jour. Haut., 16 cent.

Nous croyons devoir appeler l'attention des amateurs sur cette pièce exceptionnelle.

44 — Bouteille en porcelaine de Chine, fond vert foncé jaspé; son goulot droit est entouré de branchages et de fruits en ronde-bosse et émaillés en couleurs. Pièce rare. Socle en bois sculpté. Haut., 18 cent.

45 — Joli vase à goulot droit, en céladon bleu turquoise, à dragons et nuages gravés sous émail. Socle en bois sculpté. Haut., 26 cent.

46 — Chimère s'appuyant sur ses pattes de devant et ayant les pattes de derrière en l'air. Elle est décorée de rosaces bleues sur fond violacé avec rehauts de noir et d'or. Pièce curieuse. Socle en bois sculpté. Haut., 22 cent.

47 — Jardinière de forme ronde et droite, en céladon violet, avec anses et bouquets de fleurs en relief décorés en bleu turquoise. Haut., 17 cent.

48 — Jardinière, de même qualité, enrichie d'ornements gaufrés. Haut., 17 cent.

49 — Deux petites Jardinières carrées, en céladon violet, avec médaillons ornés de personnages exécutés en relief et réservés en bleu turquoise. Haut., 95 mill.

50 — Petite bouteille émaillée vert pomme craquelé. Socle en bois sculpté. Haut., 10 cent.

51 — Petit vase en forme de baril, émaillé vert pomme finement craquelé. Socle en bois sculpté. Haut., 11 cent.

52 — Très-petite coupe en forme de fruit avec branchages en
relief, en bleu soufflé sur fond verdâtre. Qualité rare. Sur
socle en bois sculpté. Larg., 10 cent.

53 — Petit vase en forme de gourde à trois goulots, en bleu
soufflé. Socle en bois sculpté. Haut., 9 cent.

54 — Vase en forme de bouteille, émaillé vert pomme, avec
emblêmes et nuages gravés sous émail. Socle en bois
sculpté. Haut., 21 cent.

55 — Deux flacons carrés en céladon bleu turquoise ; chacune
de leurs faces est ornée d'un encadrement avec grecque
en relief. Socles en bois sculpté. Haut., 14 cent.

56 — Jardinière en forme de baril, en céladon bleu turquoise,
entourée de bandes gravées et supportées par trois figu-
rines accroupies en bronze doré. Socle en bois sculpté.
Haut., 23 cent.

57 — Courge en porcelaine de Chine gros bleu, entourée de
branchages et de fruits en relief et en ronde bosse émaillés
vert d'eau et blanc. Haut., 17 cent.

58 — Joli petit vase à panse droite et gorge rétrécie, en céladon bleu turquoise uni. Socle en bois sculpté. Haut.,
16 cent.

59 — Petit vase forme bouteille en céladon bleu turquoise

jaspé de parties métalliques. Socle en bois sculpté. Haut.,
15 cent.

60 — Petit vase en forme de baril, en porcelaine de Chine
soufflée rouge sur fond vert. Socle en bois sculpté. Haut.
13 cent.

61 — Deux grands et beaux vases de forme droite à goulots étroits, en porcelaine de Chine, fond bleu fouetté,
avec médaillons de personnages, animaux, fleurs et
attributs décorés en camaïeu bleu sur fond blanc.
Haut., 55 cent.

62 — Deux vases de forme analogue, décorés de dragons et
de fleurs réservés en blanc sur fond bleu. Haut., 45 cent.

63 — Deux flacons carrés en ancienne porcelaine du Japon,
décorés de personnages et de branchages en bleu, rouge
et or et ornés de fleurs en relief. Les goulots sont garnis
en argent. Haut., 25 cent.

64 — Flacon carré, en ancienne porcelaine du Japon, décoré
de fleurs et de branchages en couleurs. Haut., 26 cent.

65 — Joli vase à panse ovoïde et goulot allongé, en céladon
bleu turquoise uni. Socle en bois sculpté. Haut., 37 cent.

66 — Vase en forme de bouteille en céladon bleu turquoise.
Socle en bois sculpté. Haut., 30 cent.

67 — Vase formé de deux gourdes accolées, fond jaune nankin avec fleurs et branchages gravés et émaillés en vert, en violet et en blanc. Socle en bois sculpté. Haut. 20 cent.

68 — Vase en forme de cornet dont la partie inférieure est renflée; il est décoré de sujets mystiques émaillés en couleurs sur fond blanc. Haut., 39 cent.

69 — Vase de forme carrée en porcelaine jaspée bleu et rouge. Socle en bois sculpté. Haut., 30 cent.

70 — Deux Chimères accroupies, en porcelaine de Chine émaillée vert, blanc et rouge, avec parties réservées en brun.

71 — Petit vase forme balustre en ancienne porcelaine de Chine craquelée gris, à bandes et têtes saillantes à anneaux mouvants réservés en brun. Socle en bois sculpté. Haut., 24 cent.

72 — Grand vase forme droite en porcelaine craquelée gris avec têtes chimériques saillantes réservées en brun. Socle en bois sculpté. Haut., 34 cent.

73 — Vase forme balustre, décoré de palmettes et d'ornements divers émaillés brun foncé sur fond jaune nankin. Socle en bois sculpté. Haut., 28 cent.

74 — Petit vase de forme aplatie à deux anses ornées de fleurs

et d'ornements gaufrés et émaillés en vert uni. Socle en bois sculpté. Haut., **22 cent.**

75 — Grand vase à gorge plissée en porcelaine craquelée gris et décoré de rosaces bleues saillantes. Haut. **44 cent.**

76 — Petit vase en forme de baril, en porcelaine craquelée avec fleurs décorées en camaïeu bleu. Socle en bois sculpté. Haut., **22 cent.**

77 — Petit vase de forme ovoïde à couvercle, décoré de médaillons décorés en camaïeu bleu et de fleurs émaillées en couleur. Socle en bois sculpté. Haut., **15 cent.**

78 — Flacon formé de deux poissons accolés en ancien blanc de Chine. Socle en bois sculpté. Haut., **9 cent.**

79 — Petit vase carré émaillé en jaune uni truité, avec têtes chimériques saillantes. Socle en bois sculpté. Haut., **14 cent.**

80 — Petite bouteille à col droit imitant le bambou, décorée de bandes brunes et jaunes alternées. Socle en bois sculpté. Haut., **13 cent.**

81 — Petit vase en forme de bouteille, décoré de chauve-souris et de nuages en couleur sur fond jaune. Socle en bois sculpté. Haut., **12 cent.**

82 — Petite gourde à deux anses, en porcelaine fond rouge haricot. Socle en bois sculpté. Haut., **12 cent.**

83 — Bouteille à gorge rétrécie décorée en bleu jaspé sur fond
brun. Socle en bois sculpté. Haut., 33 cent.

84 — Petit vase en forme de balustre bas, orné de dragons
chimériques en relief décorés en rouge, sur fond vert
d'eau. Socle en bois sculpté. Haut., 22 cent.

85 — Vase de forme ovoïde à trois lobes, fond vert d'eau
uni. Socle en bois sculpté. Haut., 34 cent.

86 — Très-fort vase de forme sphérique aplatie, orné de dragons saillants décorés en camaïeu bleu sur fond gris violacé. Socle en bois sculpté. Haut., 31 cent.; diam., 44 cent.

87 — Vase en forme de double losange, émaillé vert uni.
Socle en bois sculpté. Haut., 29 cent.

88 — Vase de forme ovoïde, décoré d'un paysage en camaïeu
bleu sur fond vert. Haut., 29 cent.

89 — Gourde plate et de forme ronde, à deux anses, en porcelaine fond gris, avec étoiles et bandes réservées en bleu.
Socle en bois sculpté. Haut., 33 cent.

90 — Vase forme balustre en porcelaine craquelée gris, décoré d'un paysage en camaïeu bleu. Haut., 32 cent.

91 — Petit vase en forme de baril, en porcelaine craquelée
gris. Haut., 21 cent.

92 — Joli compotier, en ancienne porcelaine de Chine, décoré de figures dans un paysage, finement émaillées en couleurs et avec bordure de fleurs et d'ornements en rouge, argent et or.

93 — Bol décoré intérieurement et extérieurement de quantité de personnages émaillés en couleurs et de branchages décorés en bleu. Diam., 29 cent.

94 — Deux plateaux creux, en céladon bleu turquoise jaspé violet. Diam., 24 cent.

95 — Plateau analogue, mais plus clair de ton.

96 — Deux plateaux en porcelaine craquelée rose, avec attributs et ustensiles émaillés en couleurs.

97 — Figure d'enfant accroupi, tenant une outre; il est décoré de fleurs et d'ornements émaillés en couleurs. Socle en bois sculpté. Haut., 21 cent.

Poteries de Satsuma

98 — Très-joli bol décoré intérieurement et extérieurement de figures, de paysages, de fleurs et d'ornements émaillés en couleurs, avec rehauts de rouge et or. Pièce rare. Socle en bois sculpté. Diam., 22 cent.

99 — Personnage exécuté en ronde-bosse et assis sur un rocher. Il est décoré au naturel et ses vêtements sont enrichis d'ornements émaillés en couleurs. Haut., 23 cent.

100 — Vase en forme de balustre, à quatre lobes, décoré de figures dans des paysages et d'ornements finement émaillés. Haut., 33 cent.

101 — Bouteille à panse surbaissée, décorée de personnages et de paysages montagneux. Socle en bois sculpté. Haut., 25 cent.

Laques du Japon

102 — Très-jolie boîte en laque d'or du Japon, de forme carrée à angles rentrants, à décor de paysage traversé par un cours d'eau. Intérieur aventuriné.

103 — Jolie boîte de forme carrée, à angles arrondis en laque d'or du Japon. Le couvercle offre, dans un médaillon en retraite, un éléphant caparaçonné exécuté en ivoire, en nacre, en cuivre, etc. L'intérieur offre des figures d'enfants et des fleurs, avec application d'ivoire et de nacre sur fond aventuriné.

104 — Petite trousse de médecin, en laque d'or du Japon, à quatre compartiments, décorée de figures dont les chairs sont exécutées en ivoire.

105 — Autre trousse de médecin, enrichie de figures exécutées en cuivre très-finement ciselé, doré et argenté.

106 — Joli plateau, de forme carré long, à angles arrondis, en
laque d'or du Japon, décoré de fleurs, d'arbustes et de
montagnes exécutés en relief.

107 — Petite boîte carrée, à angles arrondis, en laque d'or
du Japon, décorée d'une figure dans un paysage. Intérieur
aventuriné.

108 — Petite boîte de forme contournée, analogue à celle qui
précède. Sur le couvercle se trouvent deux personnages
dans une barque.

109 — Boîte de forme oblongue, à angles arrondis, décorée
sur toutes ses faces de paysages montagneux exécutés en
relief sur fond aventuriné. A l'intérieur se trouve un plateau décoré de même.

110 — Petit cabinet renfermant trois tiroirs, décoré sur toutes
ses faces, et à l'intérieur, de fleurs et d'oiseaux exécutés
en relief et rehaussés de nacre.

111 — Boîte simulant deux boîtes accolées, décorée d'un
personnage accroupi dans un paysage. Intérieur aventuriné.

112 — Boîte de forme analogue, décorée de médaillons carrés
renfermant des ornements divers et de fleurs et feuillages
exécutés en relief et dorés.

113 — Petit vase à couvercle, décoré d'un paysage finement
exécuté sur fond aventuriné.

114 — Bol présentoir avec couvercle, en laque noir du Japon,
décoré d'éventails en or.

Bronzes et Objets variés

115 — Charmant petit cabinet en ivoire, enrichi sur toutes
ses faces et à l'intérieur de très-fines sculptures représentant des personnages et des fleurs enrichis d'incrustations
de nacre de perles gravée. Il est garni en argent.

116 — Groupe de deux personnages en ivoire sculpté. Travail
japonais.

117 — Deux cassolettes de forme carrée, en bronze incrusté
d'ornements très-fins en argent. Les boutons des couvercles
sont formés de mouches reposant sur des branches de
fleurs. Travail japonais.

118 — Figure de femme japonaise assise sur un socle ovale à
quatre pieds. Bronze muni d'une belle platine.

119 — Figure de femme japonaise debout tenant une branche
de fleurs. Bronze japonais.

120 — Cornet à panse renflée, en bronze ciseié avec ornements dorés.

121 — Divinité assise en bronze doré, très-fine d'exécution.

122 — Collier composé de boules en ivoire, avec parties la-
quées et incrustations de filets de cuivre.

123 — Album contenant douze jolies peintures exécutées sur
papier de riz et représentant pour la plupart des marches
triomphales.

124 — Album représentant des paysages et portant de longues
inscriptions, réservés en blanc sur fond noir et exécutés
par l'impression.

RED. :

18

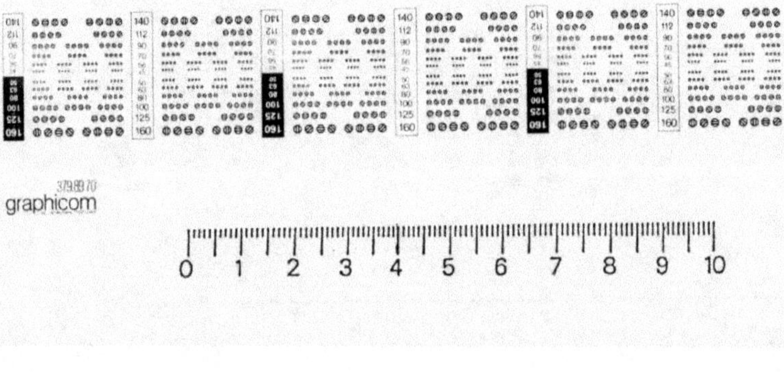

MIRE ISO N° 1
NF Z 43-007
AFNOR
Cedex 7 - 92080 PARIS-LA-DÉFENSE

graphicom

0 1 2 3 4 5 6 7 8 9 10

BIBLIOTHEQUE NATIONALE DE FRANCE

****

CHATEAU DE SABLE

1995